...OUFF, Éditeur.
... de Vaugirard, PARIS

UN PARI ENTRE AVIATEURS BRITANNIQUES

CECI se passait quelque part sur le front des armées britanniques, entre Ypres et Saint-Quentin... peu importe l'endroit exact.

— Idiot, hurla Riby Woodburn's en portant la main à son appendice nasal d'où jaillissait un sang rouge vif : le sang généreux des robustes et sains tommies de l'armée britannique.

Il venait de recevoir, en pleine figure, le ballon lancé presque à bout portant par son camarade Price, avec une violence toute sportive.

— Aussi, riposta Price, en éclatant de rire, pourquoi t'amuses-tu à coller ta figure sur la trajectoire d'un projectile de foot-ball?

— Idiot! répétait Riby Woodburn's en quittant le champ et en se dirigeant vers une fontaine située à l'extrémité du terrain de jeu.

Les rieurs n'étaient évidemment pas du côté de la victime; et d'ailleurs, l'affaire n'était pas grave.

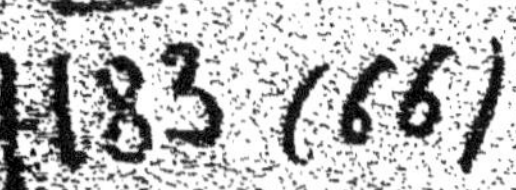

Ce petit incident burlesque interrompit un instant la partie, au grand déplaisir des enragés. Pendant ce temps, le canon, lui ne cessait pas de tonner, et il tonnait même avec acharnement à quelques kilomètres de là. Les artilleries adverses se livraient à un de ces duels formidables qu'inventa le génie de la guerre moderne, et dont il est impossible de se faire, même approximativement une idée « quand on n'y a pas été ».

Le capitaine Wilson remarqua :

— Pour une belle partie c'était pourtant une belle partie et mon équipe eut été victorieuse sans ce maladroit de Price et sans ce pauvre Riby.

Le capitaine Clarke, du Royal Flyings Corps, plus amateur de tennis et de polo que de foot-ball, fit observer à son camarade qu'après tout le malheur n'était pas si grand et que la partie pouvait continuer quand même :

— Ce n'est pas, dit-il, parce qu'il n'y a pas de tué mais seulement un demi blessé qu'il faut vous interrompre. Au tennis, d'un coup de raquette malheureux, j'ai démoli six dents à la mâchoire de mon vieil ami Clakson. Nous n'en étions pas plus fiers pour cela l'un et l'autre; nous avons cependant eu à cœur de finir la partie.

— Qu'est-ce que tu nous racontes là? En jouant au tennis?... Tu lançais donc ta raquette? demanda naïvement Mac Cubbin.

— Mais non, gobeur! Seulement la figure de ce pauvre Clakson s'était trouvée trop près de moi, exactement dans la trajectoire parcourue par mon bras au bout duquel était ma raquette.

— Quand vous aurez fini de bavarder ainsi! intervint le mitrailleur Waller, qui se campa devant eux, dressé sur ses jambes arquées, le cou gonflé, le front en sueur. Il faudrait pourtant terminer la partie dans laquelle j'ai engagé mes derniers shillings, sinon je ne jouerai plus dans votre équipe.

Price revenait à ce moment, après avoir accompagné à la fontaine son « pauvre ami » le vétéran Riby Wodhurn's lequel continuait à saigner abondamment.

— Riby déclare, dit-il, que du moment où son équipe est à 9 buts contre 6 buts; il ne veut pas abandonner; il vous prie de l'attendre encore 4 minutes 1/4.

— Quatre minutes un quart, nota Wilson, c'est accordé. Et il tira sa montre pour se mettre à compter flegmatiquement les tours de la grande aiguille sur le cadran.

A la quatrième minute on vit accourir cet excellent Riby Woodburn's qui, n'ayant pas eu le temps de se regarder dans une glace, reparaissait parmi ses camarades avec une joue peinte du plus beau vermillon.

— Neuf buts contre six, la partie est gagnée. Well!

— La partie est gagnée, c'est ce que nous allons voir, riposta Price. Et, prestement les joueurs se remirent en place.

Deux pilotes provenant de la cavalerie, qui avaient conservé l'allure un peu particulière aux hommes de cheval, vinrent s'asseoir sur un débris de bahut apporté là par les joueurs, et qui représentait à peu près l'unique siège réservé aux spectateurs de ces émouvantes parties de foot-ball.

Ce morceau de bahut avait été trouvé dans les ruines d'un village voisin, situé à deux kilomètres à peine du camp d'aviation britannique.

Entre leurs heures de travail, c'est-à-dire entre deux vols de reconnaissance, de chasse, de réglage d'artillerie, etc., les pilotes aviateurs anglais de cette escadre manifestaient leur esprit sportif, non seulement en jouant au foot-ball, mais en pratiquant avec maîtrise la plupart des sports si chers à nos amis des Iles.

Ainsi, à un kilomètre de là, environ, sur une route encaissée, pas trop défoncée par les projectiles ennemis, une équipe de coureurs cherchait à battre le record du kilomètre. D'un autre côté, au milieu d'un champ, trois enragés s'évertuaient à sauter deux mètres quatre-vingt-dix en hauteur, à la perche. Ailleurs, les mécanos, formant bande à part, pratiquaient d'autres jeux et deux d'entre eux, déjà célèbres : Jim Coktail et Stuart Simons, donnaient à leurs camarades le spectacle de combats de boxe en dix rounds, qui eussent intéressé William Corbett, Sam Mac Vea, et notre Carpentier national.

La partie de foot-ball se termina, au grand dam de Price, par la victoire de l'équipe à laquelle appartenait le vétéran Riby Woodburn's.

.   .   .   .

La nuit venait, amenant avec elle l'heure des séparations et aussi l'heure du travail pour les escadrilles de bombardement, qui devaient aller en formation compacte semer la terreur chez l'ennemi.

Dans un groupe, se dirigeant vers les hangars, Wilson parlait :

— Il est regrettable, disait-il, que dans la guerre moderne on ne puisse pas être chevaleresque. Les Français, seuls, ont su conserver les vertus désintéressées de l'antique chevalerie ; eux seuls savent encore joindre la beauté du geste à la laideur des tueries.

— Oui, compléta Mac Cubbin, les Français sont restés les dignes descendants des chevaliers avec qui nos ancêtres se mesurèrent à Fontenoy. Si messieurs les Boches avaient le même caractère nous pourrions, durant les heures de trêve qui se présentent de temps en temps, leur offrir d'envoyer se mesurer avec nous leur meilleure équipe de foot-baller.

— Ah! dit Wilson, pour une belle partie, ce serait une belle partie, et je jouerais bien ma solde de trois mois dans une partie pareille, même si j'étais sûr de la perdre.

— Je parierais cinquante guinées sur ta chance, mon vieux Wilson, dit Price en honorant son camarade d'une bourrade formidable.

— Et moi, observa le petit caporal Plumkett, je ne parierais pas seulement un penny, parce que la traîtrise allemande est telle qu'avec les Boches le meilleur sportsman peut être battu.

— Tu as raison, toi, Plumkett! approuva un jeune aviateur écossais, tout rose avec des yeux brillants. Tu as raison de ne pas avoir confiance. Il ne faut jamais avoir confiance en un ennemi déloyal, comme le dit ma petite marraine française : « Moiselle Jane Abrial ».

— Tout ça, fit avec moquerie Riby Woodburn's, c'est pour nous faire savoir qu'il a une petite marraine française. Seulement, comme il ne l'a jamais vue, et qu'elle ne lui a jamais envoyé sa photographie, je vais vous faire son portrait : C'est une jeune personne, âgée de cinquante-neuf ans, qui a des cheveux jaunes sur la tête, qui a aussi trois grandes dents sur le devant, avec deux grandes oreilles, une grande bouche, un tout petit nez, de gros yeux couleur de plum-pudding et puis, en plus, comme dit une chanson que j'ai entendu chanter à Paris, « un pied qui remue et l'autre qui ne va guère ». Voilà le portrait de la petite marraine de notre ami...

Le jeune Ecossais tout rose lança au vétéran un de ces regards qui voulait dire : « Si tu n'étais pas, toi, une vieille bête, je t'enverrais un sving du droit en pleine poitrine, pour t'apprendre à te moquer stupidement comme cela de ma petite marraine française. »

— Au fait, dit Mac Cubbin, après avoir réfléchi un instant, je ne vois pas pourquoi, malgré tout ce que nous venons de dire de sensé ou d'insensé, nous ne porterions pas sur un autre terrain, un défi écrit à un ou deux as de l'aviation allemande pour un combat aérien, à égalité, et dans des conditions tout à fait courtoises et flatteuses pour les pilotes ennemis.

— Tiens, mais c'est une idée! fit le capitaine Wilson.

— La question est à étudier, remarqua Riby Woodburn's, et à mettre à exécution aussitôt après. Ce soir, à table, il faudra parler de cette « chose » avec tous les camarades.

— C'est cela, fit Wilson, et nous nommerons une commission de quatre membres chargés de régler les conditions du cartel et d'en rédiger la formule.

— Je parie vingt guinées que le défi ne sera pas relevé par les Boches, nargua Clarke.

— Moi, je parie cinquante, dit un autre pilote.

— Moi, je donne à égalité, intervint un troisième aviateur.

— Et moi, dit Riby Woodburn's, qui avait habité en Allemagne, je dis que le cartel sera relevé si les chefs de l'aviation allemande autorisent leurs pilotes à le relever.

Le lieutenant aviateur français Victor Giraud, détaché à l'aviation britannique, qui avait depuis un instant rejoint ses amis anglais et écouté leur conversation, fit observer que la guerre moderne ne permet pas, en effet, ces sortes de matches dans lesquels, pourtant, chacun mettrait toute son ardeur et tout son amour-propre.

— En tout cas, cela ne coûte rien d'essayer dit Wilson.

— Essayons, donc, répondirent en chœur les pilotes.

Au moment où ils entraient sous le hangar dans lequel se trouvait installé leur mess, l'Irlandais Clean s'approcha de Clarke et lui dit :

— Je tiens les vingt guinées.

— Top, répondit flegmatiquement Clarke en lui tendant la main, dans laquelle l'autre frappa énergiquement.

II

LE CARTEL DES ESCADRILLES ANGLAISES A L'AVIATION ALLEMANDE

D'UN commun accord, les Anglais avaient, par délicatesse, et pour honorer leur camarade français, le lieutenant Victor Giraud, détaché parmi eux, confié à celui-ci le soin de rédiger le défi que Riby Woodburn's devait aller lancer un matin, au petit jour, du bord de son « Sopwith » dans le camp d'aviation allemand repéré aux environs de Douai.

Le cartel, contenu dans une boîte en aluminium, avait bien été lancé au milieu du camp allemand par l'excellent Riby Woodburn's.

Pendant quelques jours, toute l'aviation anglaise attendit en vain la réponse de l'aviation allemande. Il n'était question, d'un bout à l'autre des lignes, parmi les pilotes, les observateurs, les mitrailleurs et les bombardiers, que de la décision éventuelle des Boches. Selon la coutume britannique, des paris nombreux s'engageaient. Les uns pariaient que le défi serait relevé, les autres, au contraire, jugeant qu'il ne le serait pas, jouaient gros jeu sur leur chance.

A un certain moment, ceux qui pariaient contre, donnèrent à dix contre un la couardise allemande.

Cependant, au bout de quinze jours environ, un albatros rapide, monoplace, passa comme une flèche au-dessus des lignes anglaises et laissa tomber la réponse attendue. Cette réponse, rédigée en style amphigourique, était contenue dans une magnifique gaine en velours d'Utrech, sur quoi se détachait un écusson en cuivre représentant les armes du kaiser.

Le capitaine Boelke et le lieutenant Max Immelmann relevaient le défi des aviateurs anglais.

Les deux pilotes allemands s'engageaient à combattre les deux meilleurs pilotes de l'aviation anglaise, et le combat devait durer jusqu'à ce que l'un des adversaires fût vaincu.

III

UN DUEL A 3.000 MÈTRES EN L'AIR

Il était 5 heures du matin lorsque les deux champions anglais désignés par leurs camarades : le capitaine aviateur Wilson et le pilote Mac Cubbin prirent l'air sur leur « Sopwith », afin d'aller à la rencontre d'Immelmann et de Boleke.

La journée s'annonçait comme devant être belle. Une légère brise soufflait à terre, mais, à partir de 500 mètres il n'y avait plus de vent. Pas de nuages, aucune brume ; c'était vraiment un temps idéal pour se battre dans le ciel.

Mac Cubbin et le lieutenant-Wilson volaient de concert sans se perdre de vue, et leurs deux mitrailleurs : l'aspirant Stuart et le sergent Speens, nourrissaient l'intention de ne pas laisser approcher leurs adversaires.

Chacun des avions anglais était armé de deux mitrailleuses Vikkers et pourvu d'assez de bandes de cartouches pour pouvoir tirer longtemps sans se trouver à court de munitions.

Les pilotes fouillaient le ciel avec avidité, de leur regard perçant.

Les conditions de la rencontre avaient été réglées d'une façon suffisamment précise et les escadrilles des deux côtés des lignes invitées, sans que le commandement supérieur en eût connaissance, à s'abstenir de voler dans une zone à peu près déterminée qui représentait, en quelque sorte, le champ du duel aérien.

Tout-à-coup Mac Cubbin s'écria : « Well! » Il venait d'apercevoir au loin deux points qui, rapidement, grossissaient et venaient à sa rencontre. Ces deux points étaient bien en effet les deux « Albatros » volant de concert et à bord desquels se trouvaient Immelmann et Boelke.

Les Anglais se raidirent, tendirent leur volonté, se préparèrent au combat qui ne pouvait être qu'infiniment bref.

En trois minutes les quatre appareils arrivèrent pour ainsi

— Vous êtes têtu comme un âne (p. 11)

dire en présence, attendu qu'une distance de deux kilomètres à peine les séparait.

Cubbin et Wilson firent le signal convenu entre eux, en même temps qu'ils exécutaient la manœuvre pour prendre le plus de hauteur possible. Mais les deux Boches avaient eu sans doute la même idée car, à plein moteur, ils s'essayèrent de la même manière à l'escalade du ciel, si bien que, de terre, les lunettes braquées sur les champions permettaient aux observateurs de voir les quatre appareils s'élever successivement à 2.000, 2.500, 3.000 mètres.

Là, tout à coup, l'appareil du capitaine Boelke passant, par une manœuvre habile et rapide, à quelques mètres à peine du « Sopwith » de Wilson, lui lança, en même temps qu'une bordée de mitraille, un engin inconnu, une sorte de torpille incendiaire, qui atteignit les plans de l'appareil et y mit le feu.

Alors, en moins de temps qu'on ne peut se le figurer, le « Sopwith » en flammes, descendit lourdement comme une pierre qui tombe du ciel, et vint s'écraser sur le sol.

De toutes les poitrines des spectateurs qui avaient assisté à ce duel et à cette chute, un cri, ou plutôt une immense clameur s'échappa.

Le lieutenant Wilson et le sergent Speens, tués sur le coup, furent relevés dans les lignes allemandes.

En vertu des conventions du duel, le capitaine Boelke se retira de la lutte, tandis que Mac Cubbin et Immelmann continuaient à se poursuivre, à tirer l'un sur l'autre, à tenter les feintes les plus audacieuses, les plus impressionnantes, voire des glissades sur l'aile, sans pouvoir arriver à d'autres résultats que d'endommager leurs appareils. Pas assez cependant pour que cela pût les empêcher de voler.

L'observateur mitrailleur du lieutenant Immelmann reçut une balle dans l'œil et deux dans la main gauche, tandis que Mac Cubbin était de son côté blessé d'une balle dans le pied, sans compter cinq ou six autres qui s'arrêtèrent dans la fourrure de sa combinaison.

En vertu d'une sorte d'accord tacite, les deux « as » ayant épuisé leurs munitions, s'en retournèrent dos à dos, chacun au-dessus de ses lignes, mais leurs avions ne purent rentrer que grâce à leur merveilleux sang-froid et à leur grande habileté. Ils étaient tous les deux tellement criblés de balles qu'ils ne volaient plus, pour ainsi dire, que par miracle!

IV

AUTRE DÉFI

Mac Cubbin et son mitrailleur, l'aspirant Stuart, ne voulurent pas, après cette rencontre, considérer le match comme terminé; aussi, résolurent-ils d'envoyer un nouveau défi à Max Immelmann personnellement. Ce fut le jeune pilote Price qui, sur sa demande, fut chargé de porter le cartel. On lui confia cette mission par sympathie, par amitié pour lui, car il était vraiment, de par son âge et les grâces de sa jeunesse, le benjamin de l'aviation britannique.

Mais voilà qu'au jour fixé pour l'accomplissement de cette mission de confiance, Price, par suite d'une panne de moteur, dut atterrir à l'arrière des lignes allemandes où il fut naturellement fait prisonnier.

Reçu par les officiers de l'armée boche, avec une sorte de curiosité dédaigneuse, une hauteur, une morgue qui le blessèrent profondément, Price refusa nettement de répondre aux questions qui lui étaient posées. A tout ce qu'on lui disait, soit en anglais, soit en allemand, il répondait simplement d'un ton rogue : ! No. »

— Vous resterez prisonnier malgré tout, affirma le colonel Winer.

— No! répondit Price.

— Avouez que l'aviation allemande est au-dessus de toutes les autres aviations, lui dit le capitaine Boelke.

— No!

— Nous avons les meilleurs appareils qui existent au monde.

— No!

— Faut-il que vous soyez entêté pour ne pas reconnaître la vérité.

— No!

— Si vous répondiez à nos questions, vous seriez mieux traité et on pourrait même vous laisser une certaine liberté.

— No!

— Ça, c'est de l'orgeuil, dit le colonel Winer, et l'Angleterre finira par être punie de son orgueil.

— No!

— Vous êtes têtu comme un âne.

— No!

— Voulez-vous accepter un cigare?

— No!

Et quand les officiers allemands lui tournèrent le dos, en lui manifestant une fois de plus un profond dédain, Price respira bruyamment, hocha légèrement la tête et dit simplement : « Well. »

V

LA RUSE

LE jeune Price voyait, avec dépit et colère, les Allemands entourer son « Sopwith », qui n'avait pas beaucoup souffert, et le toucher, le palper, l'admirer même, tandis que lui, impuissant à refréner à coups de poings, comme il l'eût voulu, leur curiosité, se bornait à grincer des dents et à raidir ses muscles.

Que le capitaine aviateur Boelke montât dans la carlingue du « Sopwith », tirât à lui le manche à balai, fît jouer les commandes de l'appareil, cela, au fond, c'était assez naturel ; qu'un autre aviateur allemand fît remplacer l'hélice cassée par une hélice blindée d' « Albatros », qui s'adaptait après quelques modifications, cela pouvait encore passer ; qu'un mécano se suspendît aux pales de l'hélice tandis que le capitaine Boelke après avoir fait remplacer la magnéto, cause de « la panne », mettait le contact et l'allumage au moteur qui ne « bafouillait » pas le moins du monde, malgré la dureté du choc subi dans la chute, cela s'expliquait ; mais que des junkers, des officiers de cavalerie, torse bombé et monocle à l'œil, se permissent de toucher à son « Sopwith » cela vraiment faisait souffrir notre garçon.

Dans la soirée, après avoir subi de multiples interrogatoires, et nombre de vexations, le jeune Price vit venir à lui un capitaine de la Garde Impériale, très grand, très droit, très fier, qui lui dit dans un anglais assez pur :

— Vous êtes, jeune homme, un aviateur britannique, et vous serez, je crois, très honoré de promener dans les airs un officier comme moi. Souffrez que je me présente à vous, je suis le comte von Nimek.

Price resta impassible et ne répondit pas un seul mot.

— Je viens d'entendre dire que votre appareil a été réparé par nos mécaniciens et qu'il est, à cette heure, tout à fait en état de prendre l'air. Vous allez m'emmener avec vous ; c'est une fantaisie que je désire depuis longtemps réaliser, et je vous donne l'ordre de me satisfaire.

— No! répondit Price d'une voix cassante, en regardant le capitaine de la Garde Impériale dans le blanc des yeux.

Autour d'eux, personne, à part les deux soldats et le feld-webel qui avaient été préposés à la garde du prisonnier.

Le capitaine von Nimek ne voyait, dans son action, que la satisfaction d'un désir depuis longtemps poursuivi, à tel point que c'en était devenu une obsession, une idée fixe.

— J'ordonne, répéta-t-il d'un ton autoritaire.

Price ne répondit pas.

— J'ordonne, répéta von Nimek, entendez-vous?

— No!

— Eh bien, ce sera oui tout de même.

— No!

Alors, pris soudain d'une rage folle, von Nimek sortit de sa poche un revolver et dit, en menaçant Price :

— Vous allez marcher devant moi jusqu'à votre avion. Un mécanicien vous aidera à le mettre en ordre de départ, nous monterons tous les deux dans la carlingue et vous me ferez faire un tour au-dessus des lignes anglaises. Je vous préviens, qu'assis derrière vous, j'aurai mon revolver à la main et que vous devrez revenir dans les lignes allemandes dès que je vous en donnerai l'ordre si vous voulez éviter que je vous brûle, purement et simplement, la cervelle.

— No! no! no!

— Vous ne voulez pas?

Soudain, une idée baroque, extraordinaire, fantastique, géniale et folle comme toutes les idées audacieuses, traversa le cerveau du pilote anglais qui hésita un instant à répondre.

Le capitaine allemand lui intimait de nouveau, avec de plus en plus de violence, l'ordre de l'emmener avec lui.

Von Nimek avait, durant quelques mois, séjourné dans une école d'aviation allemande, sans d'ailleurs pouvoir jamais obtenir son brevet de pilote militaire. Il lui restait de cet apprentissage malheureux un amour intense pour tout ce qui avait trait à la navigation aérienne et son idée était de se rendre compte de la façon dont se comporte en l'air un « Sopwith », appareil qu'il avait examiné et étudié avec tout le soin dont est capable une cervelle de junker.

Cependant, à la nouvelle injonction de von Nimek, Price répondit, pour s'offrir le luxe d'une de ces plaisanteries qui sont les caractéristiques de l'humour britannique : « Je ne suis pas un wattman, et je ne promène pas de voyageurs. »

Au bout d'une demi-heure il prit cependant un air tout à fait résigné et il finit par inviter lui-même le capitaine von Nimek à prendre place dans la carlingue du Sopwith.

Comme dans la plupart des appareils à moteur avant, le siège de l'observateur, dans le « Sopwith », se trouve derrière celui du pilote. Très habilement, sans que son passager pût s'en rendre compte, Price, qui était un acrobate de l'air déjà réputé pour sa témérité, s'attacha soigneusement à son siège sans que le Boche le remarquât.

Flegmatiquement, après avoir commandé aux mécaniciens de lancer l'hélice, son moteur s'étant mis à ronfler, il manœuvra les commandes et le « Sopwith » roula sur le sol pendant une centaine de mètres, puis décolla et monta rapidement jusqu'à 2.000 mètres, en se dirigeant vers les lignes anglaises.

A cette altitude, Price s'offrit le luxe d'un petit rire des plus sardoniques. Très sûr de son affaire il fit cabrer son avion et exécuta, avec une rapidité presque foudroyante, un de ces loopings qui eût fait endêver le pauvre Pégoud s'il eût encore existé. Il arriva, tout simplement que l'orgueilleux capitaine de la Garde fut « vidé » de la carlingue et descendit tout botté, tête première, de 2.000 mètres d'altitude, sans avoir même le temps de se souvenir, durant sa chute, que la vitesse d'un corps tombant dans le vide croît proportionnellement au carré de son poids.

La ruse du brave Price avait complètement réussi, il en rit cette fois à pleine gorge et puis, sans s'émouvoir le moins du

monde, après un redressement complet de son appareil, il prit
encore de la hauteur, atteignit 4.000 mètres, donna toute « la
sauce » et se mit à filer comme un projectile dans la direction
des lignes anglaises où il atterrit quelques instants plus tard,
et où ses camarades lui firent un accueil triomphal.

VI

UNE RENCONTRE IMPRÉVUE AU-DESSUS DES NUAGES

Au matin du 18 juillet 1916, un de ces matins flamboyants
comme en prodiguent seulement les thermidors, Mac
Cubbin, sans se soucier des remous occasionnés par la
chaleur, avait pris l'air et s'était donné de l'altitude, histoire de
reconnaître un peu ce qui se passait de l'autre côté des lignes
allemandes.

Après trois quarts d'heure de vol, et alors qu'il se trouvait
au-dessus des terres ennemies, il rencontra un barrage de nuages
vers les 2.000 d'altitude, qui l'obligea soit à voler en-dessous et
à se trouver, dans ce cas, vulnérable aux tirs des batteries de
D. C. A. ennemies, soit, au contraire, de s'élever au-dessus de
la couche nuageuse et à marcher à la boussole.

Mac Cubbin, en bon anglo-saxon qu'il était, professait l'hor-
reur des demi-mesures et tout simplement il fit traverser à son
« Sopwith » la couche nuageuse qui cessait vers les 3.000 et il
put, tout à son aise, voler dans la direction de l'est sans craindre
d'être vu, sans se soucier de l'adversaire.

Ses réservoirs d'essence, sa provision d'huile suffisaient pour
lui permettre de tenir l'air durant quatre longues heures.

Cubbin, bien que n'étant pas poète pour un sou, se laissait
prendre tout entier à la douce sensation du bien-être. Il éprouvait
une impression extraordinaire de sécurité avec au-dessous de
lui cet immense matelas de coton qui lui donnait l'assurance
que donne à l'acrobate un filet protecteur. Son appareil n'était-il
pas souple, solide, obéissant à souhait? Son moteur tournait avec
une régularité saine et sûre. L'air était frais malgré le soleil, à

cette altitude, et vraiment Mac Cubbin vivait un de ses meilleurs jours.

Il allait, il allait, il allait... Il eût volé jusqu'à Berlin si, tout à coup, il n'eût vu, venant à sa rencontre, au-dessus de la bonne et protectrice mer de nuages, un appareil qui, marchant dans une telle direction, ne pouvait être qu'un avion boche.

Au bout de quelques instants d'ailleurs, le doute ne fut plus possible; c'était bien d'un Albatros qu'il s'agissait.

Flegmatiquement, Mac Cubbin se prépara au combat. Il était

L'appareil se mit à descendre « en vrille » et pénétra dans la couche nuageuse (p. 16)

si sûr de soi-même que vraiment c'eût été un miracle qu'il fût vaincu. N'est-il pas avéré en effet que l'homme sûr de lui-même est le plus souvent vainqueur dans la vie et dans les événements?

Le mitrailleur Waller, comme son pilote, éprouvait une telle sensation de sécurité que la pensée de la chute l'eût bien surpris. Il arma soigneusement sa mitrailleuse et se prépara au combat.

Mac Cubbin avait plus d'un tour dans son sac. On lui connaissait même une tactique tout à fait personnelle et originale. Il se distinguait de ses camarades, en ce sens qu'au lieu de chercher à dominer l'adversaire, il préférait manœuvrer de telle manière qu'il pût le dérouter et arriver au-dessous de lui. Là, il tirait de toutes ses forces sur le « manche à balai » et montait « en chandelle » presque à la verticale, de telle façon que son mitrailleur pouvait viser l'appareil ennemi par en-dessous et tâcher de lui ouvrir « le ventre ».

Mac Cubbin et Waller opérèrent ainsi quand vint à eux l'Albatros.

Ce fut rapide, fou, sublime, incompréhensible. Le pilote allemand, frappé à la tête par une balle arrivée obliquement après avoir traversé la carlingue de bas en haut, lâcha les commandes de son appareil qui, après s'être maintenu durant quelques secondes comme un être ivre, se mit à descendre « en vrille » et pénétra dans la couche nuageuse, où Mac Cubbin et Waller le perdirent de vue.

— Hurrah! hurla Mac Cubbin.

— Hurrah! pour la Grande-Bretagne! répéta Waller.

Les deux cris d'enthousiasme se perdirent dans le ciel clair, et c'est seulement alors que le pilote jugea utile de faire demi-tour, satisfait qu'il était de la tâche accomplie.

. . . .

Quatre jours après, Mac Cubbin avait la joie d'apprendre que l'aviateur boche descendu par lui, le 18 juillet 1916, n'était autre que le fameux lieutenant Immelmann, un des deux as les plus célèbres de l'aviation allemande à cette époque, et titulaire de quinze victoires aériennes.

VII

L'AVANT-DERNIÈRE DE RIBY WOODBURN'S

RIBY WOODBURN'S n'était pas qu'un joueur de fool-ball enragé, un pilote aviateur adroit et courageux, c'était aussi un homme riche. Il possédait des propriétés considérables dans le comté de Sussex et son compte à la banque s'équilibrait par un actif imposant en consolidés anglais.

Woodburn's était, de plus, un homme heureux. Quelques années avant la guerre il épousa une charmante Américaine d'allure passablement garçonnière, qui le faisait enrager copieusement. Riby l'appelait « sa petite pâtisserie » et elle ne pouvait formuler aucun désir sans qu'il le satisfît aussitôt.

Or, Dieu sait, si les désirs de mistress Héléna Woodburn's étaient nombreux, variés et cocasses! Que l'on en juge d'après la lettre que notre ami Riby fut tout heureux de décacheter et de lire un matin.

« De Scarborough, ce lundi.

« Monsieur mon mari,

« Quand vous m'écrivez, vous ne dites que des bêtises. En plus de cela, votre écriture ressemble à celle de notre gros matou Dika; et puis, voulez-vous que je vous le dise, vous lui ressemblez un peu, à Dika. Ce que je vous demande c'est de me donner, non point des nouvelles de vos prouesses sportives, mais des détails sur vos prouesses d'aviateur. J'aime à apprendre tout ce que font les braves garçons du Royal Flyings Corps et vous n'ignorez pas que leurs exploits sont résumés déplorablement dans les gazettes. Je lis pourtant le *Times* et le *Daily Mail*. Je regarde les images du *Daily Miror*, mais tout cela ne vaut pas une longue narration comme vous avez su les faire jadis, quand vous vous en donniez la peine, et qu'il vous plaisait d'être agréable à votre Héléna.

« A présent, depuis que vous êtes en France, c'est à croire que vous ne vous souvenez plus que bien mal de votre Héléna. Vous êtes un très vilain grand Riby et, cependant, il faut que je sache si vous ne m'oubliez pas. Pour cela, je vais vous imposer une épreuve. Si vous ne l'accomplissez pas à la perfection, je ne veux plus vous voir.

« Vous allez me faire le plaisir de descendre un Boche très rapidement, je vous en donne l'ordre. Quand vous l'aurez descendu, vous descendrez aussi, mais pas de la même façon, et vous vous serez arrangé de manière à ne pas trop abîmer l'appareil de ce Boche.

« Vous lui enlèverez une partie des ailes et vous m'enverrez la toile de ces ailes dans un paquet bien ficelé, pour que je puisse me faire confectionner un corsage dont j'ai vu le modèle chez mon tailor et qui me fait très beaucoup envie.

« Pour qu'il soit bien, on m'a dit : « Il est indispensable « de confectionner la chemisette en toile écrue très serrée, très « solide, comme par exemple, de la toile d'avion. »

« Alors, vous avez compris, n'est-ce pas ?

« Souvenez-vous que mes désirs sont pour vous très flatteurs et que vous devez, en parfait chevalier, me satisfaire sans aucune arrière-pensée. Je vous sais d'ailleurs adroit, brave et vous ferez en agissant « de la sorte que je vous demande » une très belle action pour la Grande-Bretagne et pour votre chérie Héléna.

« La prochaine fois que je vous écrirai, je vous dirai toutes les choses qui se passent ici dans le pays ; mais, aujourd'hui, il faut que j'aille au tennis, que je monte à cheval avec ma petite amie Gibsy, qui vous aime bien, que je boive le thé, que je reçoive la manucure ; vous voyez que je n'ai pas une minute à moi. Il ne me reste que juste le temps de vous prêter mes deux joues pour que vous m'embrassiez bien gentiment, sans me mettre votre grand nez dans un œil.

« HÉLÉNA WOODBURN'S. »

— Aoh ! C'est toujours très amusant les lettres de cette « petite pâtisserie ».

« Pour des idées originales, on peut dire qu'elle a des idées originales ! »

Riby remit soigneusement la lettre dans son enveloppe et l'enferma dans une des grandes poches de son veston kaki ; puis il partit en riant aux éclats.

— Qu'avez-vous, mon cher excellent camarade Woodburn's? lui demanda le capitaine Clarke en apercevant la dentition magnifique que Woodburn's montrait chaque fois qu'il était en gaîté.

— Je suis très content d'une idée de ma femme. Elle veut un plan de Fokker, d'Albatros, de Rumpler, de Roland ou de L. V. G., pour s'en faire un costume de bal! Je vous le dis, je n'ai jamais vu une petite femme aussi originale!

Le capitaine Clarke trouva en effet l'idée originale, et le lieutenant Victor Giraud, qui arrivait au même moment, et auquel Woodburn's raconta sa petite histoire, estima, lui, en employant une expression alors florissante parmi les poilus français : « Qu'elle y allait un peu fort », la petite dame anglaise.

N'empêche que cet excellent Riby Woodburn's ne dormit pas de la nuit et qu'il rumina au moins une douzaine de combinaisons susceptibles de l'amener à satisfaire le dangereux caprice de son épouse.

Quand vint le jour, il avait enfin son idée. Restait à la mettre à exécution, et c'est précisément là que naissait la difficulté.

Tout d'abord, il s'agissait de pouvoir opérer en toute liberté. Ensuite, il était nécessaire de rencontrer un avion boche, seul autant que possible. En troisième lieu venait la condition nécessaire et suffisante : le descendre sans se laisser descendre par lui. Comme épilogue, il n'y aurait plus alors qu'à lui couper les ailes...

Riby Woodburn's n'avait pas été sans remarquer que l'aviation ennemie se livrait plus particulièrement à des opérations actives quelques instants avant le lever du soleil, alors que les premières lueurs apparaissent dans le ciel.

Aussi, durant plusieurs jours, à chaque aurore, Woodburn's partit en reconnaissance avec l'autorisation de son chef d'escadrille; mais il revint, chaque fois, sans avoir pu exécuter son plan; soit qu'il n'eût rencontré, dans un périmètre limité par la sagesse, aucun avion ennemi, soit qu'il en eût aperçu un trop grand nombre avec lesquels il n'eût pas été prudent de se mesurer, à moins d'abandonner toute chance de réussite.

Un dimanche matin, cependant, Woorburn's partit tout guilleret. Quelque chose lui disait que ce jour-là il trouverait son gibier et qu'il pourrait enfin écrire à mistress Héléna Woodbunr's pour lui annoncer l'envoi d'un morceau d'aile en bon état,

Notons en passant que depuis la dernière lettre datée de Scarborough, Riby Woodburn's n'avait plus osé écrire « à sa petite pâtisserie » avec son écriture de gros chat.

Donc les premières lueurs de l'aube irradiaient dans le ciel des Flandres, ce dimanche matin-là, quand Woodburn's, à bord de son « Sopwith », s'éleva dans les airs. Il monta aussitôt jusqu'à 2.500 mètres.

Ce « Sopwith » était un appareil de chasse, monoplace, d'un récent modèle, extrêmement léger, très rapide et très maniable en même temps.

L'avion allemand qui vint se jeter sous les coups de Riby Woodburn's fut un Aviatik.

Notre pilote se montra adroit, fin et rusé comme un peau-rouge. Il commença par descendre à 1.500 mètres pour laisser passer l'Aviatik à 1.000 mètres au-dessus de lui. L'avion ennemi se dirigeait vers les lignes anglaises qu'il franchit sans trop d'incidents. Alors, Woodburn's fit demi-tour, rapidement reprit de la hauteur et il se mit en devoir de poursuivre éperdument son adversaire.

C'est à trente kilomètres au moins, à l'intérieur, derrière les lignes, qu'il le rejoignit, et, là, pratiquant la tactique que lui avait enseignée le capitaine Guynemer, lors d'une visite des Anglais à l'escadrille des « Cigognes », il parvint à « bouziller » l'Aviatik en quelques minutes, non sans avoir reçu une douzaine de balles de mitrailleuse dans ses plans et dans sa carlingue. Une balle avait même coupé deux de ses cordes à piano.

L'Aviatik se brisa sur le sol, heureusement sans s'enflammer, et comme cela se passait dans les plaines du nord, notre « très excellent gros chat » put atterrir à proximité de l'appareil descendu par lui et extraire de ses débris cinq ou six mètres de toile peinte — il y avait même un morceau de croix noire dessinée sur l'étoffe qu'il emporta.

Les tommies d'un service de l'arrière l'aidèrent à traîner son appareil jusqu'à un terrain plan où il put remettre le moteur en marche, rouler sur une distance suffisante et reprendre l'air pour rejoindre son escadrille, heureux comme un Sioux emportant le scalp d'un ennemi vaincu. A l'instar de ces fameux guerriers indiens, notre très brave Woodburn's poussa son cri de guerre et de victoire, sous la forme d'un « hourrah » retentissant, en l'honneur de la Grande-Bretagne et de mistress Héléna.

Quand on connut cet exploit parmi les camarades de Woodburn's, les plus jeunes estimèrent qu'il était devenu complètement fou; des hommes plus âgés jugèrent son acte avec une souriante indulgence; seul, le capitaine Clarke, et les plus vieux pilotes, lui serrèrent les mains en disant :

— C'est très bien, Riby! Au temps de la chevalerie, les chevaliers français jouaient ainsi leur vie pour satisfaire au moindre caprice de leur dame.

Quant à la dame elle-même, en recevant l'envoi recommandé de son seigneur, elle poussa un grand cri de joie, fit aussitôt atteler son tilbury et courut chez toutes ses petites amies du voisinage pour leur montrer le superbe cadeau du « gros chat Riby ».

. . . .

Un mois après, au cours d'une permission bien gagnée, Woodburn's, en arrivant à Scarborough, trouva sa femme vêtue d'une jaquette en toile d'avion qui ressemblait, par la forme, aux anciennes cottes de mailles des chevaliers, mais qui ne messeyait pas à la garçonnière Héléna, au contraire; et ce fut, pour lui, un grand plaisir quand Mme Woodburn's, quittant cette jaquette déjà célèbre dans le pays, montra à son digne mari, l'inscription qu'elle avait fait peindre à l'intérieur.

Il y avait ceci : « Cette étoffe provient des ailes d'un Aviatik, abattu par mon mari qui est un chevalier et un héros que j'aime bien! »

VIII

PERDUS DANS LE BROUILLARD

A la suite d'exploits notoires et après avoir descendu son quatrième avion boche, le pilote aviateur Riby Woodburn's fut promu officier et décoré de la médaille militaire anglaise.

— C'est cinquante livres sterling par an que je remettrai à ma « petite pâtisserie » pour ses œuvres charitables.

« Et comme je la connais, elle est capable d'acheter pour 1.200 francs de bonbons à distribuer à toute la « marmaille » du comté.

Le bon Riby établissait ainsi son plan d'utilisation du traitement important attribué à tout titulaire anglais de la médaille militaire. Il est vrai qu'il n'avait pas besoin de cela pour vivre...

Après sa cinquième victoire aérienne, Woodburn's fut promu lieutenant et le commandement du Royal Flyings Corps sur le front lui confia une escadrille.

La seule ambition de Riby se trouvait ainsi réalisée : commander une escadrille! Pouvoir prendre de l'initiative et avoir une responsabilité!

Ah! il se promettait d'en faire de la bonne besogne et, pour peu qu'on lui permît de sélectionner son personnel, les aviateurs boches en verraient de dures!

L'escadrille Woodburn's se classa bientôt parmi les plus célèbres unités de l'aviation alliée. Non point seulement à cause de « l'allant », du « cran » des aviateurs qui la composaient, mais aussi pour sa tenue générale, sa discipline, son esprit de guerre.

Les hangars Woodburn's furent cités comme des modèles d'organisation intelligente et pratique. Les avions de l'escadrille étaient entretenus, non pas comme de vulgaires appareils de guerre destinés à être « bouzillés », un peu plus tôt, un peu plus tard, mais comme de véritables objets de vitrine, délicats, précieux, aimés...

Il prit sa carabine, tendit son revolver à Victor Giraud... (p. 32)

Ce n'est pas aux « Sopwith » woodburniens que l'on pouvait voir des carlingues maculés de tâches d'huile, de poussière et de cambouis. Les pièces extérieures du moteur étaient astiquées après chaque sortie et brillaient comme du vif argent ou comme de l'or.

Les plans étaient repeints chaque fois qu'une malencontreuse écorchure avait éraflé leur vernis jaune clair.

Les pneumatiques des roues du train d'atterrissage étaient nettoyés et débarrassés de boue et de poussière. On les lavait pour cela à grande eau, et la souplesse du caoutchouc n'en restait que plus grande.

Les mécaniciens de l'escadrille Woodburn's, comme les pilotes, toujours rasés de frais, ressemblaient, en dehors des heures de travail, à des soldats de parade et cependant, c'étaient des soldats de travail et de courage.

Chaque fois qu'il était fait appel au dévouement d'une partie de l'aviation britannique, l'escadrille Woodburn's se disputait l'honneur de se dévouer et de combattre. Hélas! ce jeu sublime coûtait déjà de lourds sacrifices et, depuis que Riby commandait, une douzaine de pilotes avaient trouvé la mort dans de glorieux combats aériens. Mais aussi, le total des victoires remportées par cette escadrille se chiffrait par un beau nombre de trois chiffres.

Woodburn's s'était juré, pour peu que la guerre durât encore longtemps, de l'arrondir jusqu'à quatre chiffres.

Est-ce à dire que lui-même ne payait pas de sa personne et qu'il ne risquait pas de périr aussi dans quelque rencontre aérienne, comme cela avait failli lui arriver déjà? Non pas. Mais Woodburn's était superstitieux ainsi que le sont tous les aviateurs et il portait toujours sur sa poitrine un fétiche suspendu à une chaîne d'or, auquel il attribuait son immunité. Ce fétiche était une pièce d'argent à l'effigie de Marie Stuart, dans laquelle était enchâssé un brillant, et que sa chère Héléna lui avait offerte pour le trente-deuxième anniversaire de sa naissance.

Un matin de juin 1917, dans les Flandres, l'escadrille Woodburn's avait reçu l'ordre de se joindre à deux autres escadrilles pour escorter un groupe de bombardement qui devait aller « arroser » la base des sous-marins allemands à Zeebruge.

Cette escadre aérienne était partie au tout petit jour afin d'accomplir sa mission.

Le temps s'annonçait beau, avec un « plafond » d'au moins 4.000 mètres, et tout permettait d'espérer que la mission serait accomplie avec succès.

Mais à quelques kilomètres à peine de leur base, les avions anglais se trouvèrent à peu près perdus au-dessus d'un brouillard qui ne leur permettait pas de distinguer le sol ni même de s'orienter suffisamment. Ils durent marcher à la boussole, puis ce fut un rideau de nuages épais et bas dans lequel ils durent s'aventurer en se dirigeant vers le nord.

Le commandant de l'escadre, le major Fokster, hésita un instant pour savoir s'il n'abandonnerait pas l'exécution de sa mission, eu égard aux dangers qu'elle présentait dans de telles conditions atmosphériques et parce que déjà les avions ne volaient plus de concert. Quelques-uns avaient perdu le contact et se trouvaient isolés dans le ciel.

Quelle ne fut pas tout à coup la surprise de Riby Woodburn's en apercevant, à travers une éclaircie, à 200 mètres à peine de lui, un, puis deux, puis trois, puis dix avions français qui aussitôt échangèrent avec les appareils de son escadrille pourvus de « sans fil » la brève conversation suivante :

— Nous sommes perdus dans le brouillard. Où allez-vous?

Riby répondit :

— Bombarder Zeebrugge.

— En êtes-vous loin?

— Non, probablement.

Et Riby ajouta :

— Le commandant Fokster est à la tête de notre escadre; je suis le lieutenant Woodburn's.

Aussitôt on lui répondit :

— Et moi le capitaine Victor Giraud, commandant depuis huit jours l'escadrille de bombardement B. S. 213.

— Venez avec nous si vous pouvez, signala Woodburn's.

— Volontiers, répondit le Français.

Et ce fut ce matin-là que les aviateurs anglais voulurent laisser à une escadrille française, que les hasards du mauvais temps avaient fait se rencontrer avec eux, l'honneur de détruire une partie de la base sous-marine que les Boches ont établie dans le port belge.

Au-dessus de la mer, le brouillard n'existait presque pas et les aviateurs avaient un « plafond » de 3.000 mètres. Aucun avion boche n'eut le temps de sortir, tellement fut rapide l'opération. Les canons de la D. C. A. ennemie eux-mêmes restèrent impuissants contre les appareils français et anglais.

Le travail fut sérieux et les communiqués ennemis annoncèrent, en termes où la dissimulation le disputait au mensonge, que l'aviation franco-britannique avait assez sérieusement bombardé leur grande base sous-marine. Dégâts insignifiants!

Au retour, le brouillard était devenu de plus en plus épais, si bien que les aviateurs durent se diriger exclusivement à la boussole.

A un certain moment Woodburn's qui avait tenu, quoi qu'il eût un appareil plus rapide, à voyager le plus près possible de son grand ami français Victor Giraud, le perdit complètement de vue. Dans la crainte que celui-ci ne s'égarât, Riby ayant installé sur son appareil, disons-le, malgré les ordres formels qui lui avaient été donnés, une sirène électrique extraordinairement puissante, capable de dominer le bruit des moteurs, fit retentir avec acharnement ses appels dans l'opacité du brouillard et dans les nuages.

Ceci permit à la presque totalité des avions de se diriger au son et de regagner les lignes anglo-françaises. Craignant de ne pas pouvoir rejoindre directement leur base, les Français acceptèrent l'invitation qui leur fut faite par « sans fil » d'atterrir sur le terrain anglais afin de refaire leur plein d'essence.

Le ciel de France, plus clair, permit à tous, grâce en partie à la sirène de Woodburn's, d'arriver au sol sans incidents trop graves. Il n'y eut qu'un peu de bois cassé, un train d'atterrissage fauché et deux aviateurs légèrement blessés dans ces accidents.

———0———

IX

LE NOBLE SACRIFICE DE VICTOR GIRAUD, CHEVALIER DE L'ESPACE

Il n'est pas besoin de dire ici que comme Chevaliers de l'espace les aviateurs français se plaçaient au premier rang, tandis que depuis la disparition de Boelke et d'Immelmann les beaux exploits sont complètement oubliés dans l'aviation allemande où ne règne plus que la traîtrise.

Aujourd'hui, les aviateurs boches sont les pirates de l'air, comme les aviateurs français, anglais, italiens et américains en sont restés les chevaliers.

Le capitaine Victor Giraud commandait, lorsqu'il se rencontra dans le brouillard avec l'escadrille Woodburn's, une escadrille de bombardement. Mais les appareils de bombardement ne convenaient pas complètement au caractère actif et aventureux de Victor Giraud. Aussi avait-il fait les plus pressantes démarches pour entrer dans l'aviation de chasse.

Son plus grand désir était de faire partie de la célèbre escadrille des « Cigognes » qu'illustrait, d'un éclat sans pareil, le capitaine Guynemer. Il y parvint enfin après un assez rapide entraînement sur « Spad » et, grande fut sa joie lorsqu'il put servir sous les ordres du héros légendaire de l'aviation française.

Dès la première mission particulière qui lui fut confiée, il se signala en descendant deux « saucisses » boches.

Ces deux « saucisses », montées par deux « oberleutenant », gênaient considérablement l'artillerie française, en ce sens que ces deux officiers boches étaient des observateurs avertis, qui repéraient assez adroitement nos batteries. Il fallait donc, à tout prix les descendre.

Le lieutenant Victor Giraud ne voulut pas être accompagné pour l'accomplissement de cette tâche. Il savait les observateurs boches armés de mitrailleuses et de fusils; cela ne le gênait point.

Pour la première saucisse, il se contenta de prendre de la hauteur, de la dominer, puis de descendre sur elle en spirales de plus en plus étroites. Quand il fut à bonne portée, il lâcha une bombe incendiaire qui mit le feu au ballon captif d'où l'observateur s'échappa en parachute.

Quant à la seconde, elle fut plus difficile à descendre : l'observateur avait une mitrailleuse mobile dont il se servait avec une grande habileté et, Victor Giraud reçut plus d'une balle dans son appareil. Tout à coup il vit surgir dans le lointain une escadrille de « fokker », qui accourait au secours de la « saucisse ».

Les munitions du pilote allaient être épuisées; il ne lui restait plus qu'une dernière bande de mitrailleuse; il était temps qu'il rejoignît ses lignes pour ne pas tomber sous les coups d'adversaires douze fois plus nombreux.

Alors, en passant tout près de la « saucisse », il lâcha sa dernière bordée de mitraille sur l'ennemi.

Toutefois sa vitesse de 200 kilomètres à l'heure l'empêcha de viser assez soigneusement et au lieu d'atteindre le ballon captif, ses balles égarées coupèrent le câble, de sorte qu'en se retournant dans sa carlingue, Victor Giraud put voir le ballon qui s'élevait avec une prodigieuse vitesse ascensionnelle.

*****

Quelques jours plus tard, toute l'escadrille des « Cigognes » sortit, sous les ordres du commandant Brocard, pour nettoyer le ciel des Flandres des avions boches qui l'infestaient depuis quelque temps, avec une audace réclamant un châtiment.

Dans l'aviation de chasse, chaque pilote peut avoir sa tactique personnelle de combat. On connaît celle du plus illustre d'entre eux : le capitaine Guynemer qui fondait, par surprise, sur l'adversaire à la manière d'un oiseau de proie. D'autres, au contraire, cherchent l'ennemi par en-dessous, d'autres l'attirent le plus loin possible à l'intérieur des lignes, tantôt l'abordant face à face, tantôt cherchant à le tourner; enfin, certains ont un armement spécial qui les rend plus forts que l'adversaire.

Victor Giraud montait un appareil monoplace extraordinairement souple et rapide qu'il fallait être un virtuose pour piloter, et Victor Giraud était en effet devenu un virtuose, un as.

Planant ce jour-là dans le ciel à une hauteur fantastique

(à près de 5.000 mètres), il dominait, pour ainsi dire, tout le champ de bataille aérien.

Ses poumons solides et souples lui permettaient de se maintenir à une semblable altitude pendant un nombre de quarts d'heure assez important alors que d'autres aviateurs, moins robustes ou dont l'appareil respiratoire fonctionne plus mal, ne peuvent évoluer longtemps, tout au moins sans le secours d'un ballon d'oxygène.

Le champ d'observation représentait une étendue de cinquante kilomètres peut-être, mais comme son appareil marchait à 200 à l'heure il lui fallait décrire de vastes cercles pour rester en quelque sorte à « l'affût ».

A un certain moment, il ne vit plus rien. Le ciel semblait être nu, débarrassé de tous les oiseaux. Alors, il descendit un peu et bientôt il constata que des points, encore presque imperceptibles, venant de l'est, se mouvaient dans sa direction.

« Qu'est-ce que cela? Sont-ce mes camarades qui reviennent ou bien les Boches qui arrivent? » se demanda-t-il.

Il savait bien, par expérience, que lorsque l'escadrille des « Cigognes » se promenait dans l'azur, les aviateurs boches s'abstenaient, le plus possible, de se trouver dans leur rayon d'action. Mais l'exception confirme la règle. Les points noirs grossissaient à l'horizon. Etait-ce bien des avions boches? Il en comptait cinq; mais combien singulière était leur marche.

Un premier avion arrivait en flèche. Un second, qui semblait avoir une vitesse égale à celle du premier, faisait parfois d'énormes embardées à droite, à gauche, en haut, en bas, tandis que les trois derniers appareils s'essoufflaient à le suivre.

Victor Giraud reprit de la hauteur pour mieux apprécier la signification de cette manœuvre et sans s'inquiéter outre mesure d'une rencontre avec l'ennemi.

Et voilà qu'au fur et à mesure qu'approchaient les cinq avions venant de l'est, il lui semblait reconnaître dans le second appareil, celui qui poursuivait une marche en zigzag, un avion de modèle tout à fait différent de ceux qu'il connaissait pour être employés par l'aviation allemande. Sa main droite crispée sur le manche à balai, ses pieds assurant, de concert, le jeu des commandes, il tenait de la main gauche une puissante lunette, et tout en continuant à décrire d'immenses cercles, il cherchait à se mettre dans une position qui lui permît de distinguer l'ennemi.

Tout à coup, un cri s'échappa de sa gorge : « Ah! tonnerre! »

Il venait de reconnaître dans le second appareil, un « Sopwith » anglais et, de suite il avait compris que cet ami s'étant aventuré très avant dans les lignes allemandes, avait pris en chasse un appareil boche qu'il voyait devant lui, tandis que trois autres avions allemands lui donnaient la chasse à lui-même.

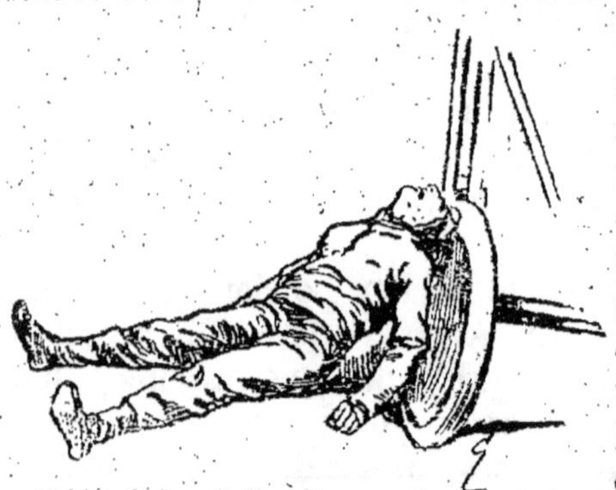

L'Anglais s'effondra contre une roue du train d'atterrissage de son appareil (p. 32).

Victor Giraud était un officier d'une rare intelligence, et sa pensée rapide déduisit immédiatement les causes de ce qu'il voyait : le premier avion boche voulait donner à ses trois camarades le temps de se rapprocher du « Sopwith », après quoi il ferait un brusque demi-tour et, à eux quatre, les pirates de l'air espéraient bien avoir raison du « Chevalier anglais ».

Le jeune pilote de l'escadrille des « Cigognes » eut vite fait de prendre une décision et d'agir.

Opérant un brusque virage à droite, il piqua devant lui à la rencontre de l'ennemi, donnant toute sa vitesse; il arriva en trombe à cinquante mètres de l'Albatros sur lequel il déchargea avec sang-froid et en visant soigneusement, une centaine de cartouches de sa mitrailleuse.

Une ou plusieurs balles endommagèrent quelques pièces essentielles du moteur de l'avion allemand, ou bien coupèrent quelques commandes, car aussitôt le vautour blessé descendit « en vrille ».

L'Anglais qui le suivait de près se fit reconnaître en saluant, d'une longue clameur de sa puissante sirène, le brave chevalier français venu à son secours.

C'était Riby Woodburn's, dont l'esprit aventureux avait failli occasionner la perte.

L'avion anglais et l'avion français suivaient à cet instant deux routes diamétralement opposées. Woodburn's, persuadé que le Français allait faire demi-tour et l'accompagner, ne se retourna pas sur le moment et continua sa course.

Emporté par son élan, Victor Giraud, au contraire, ne se trouva bientôt plus qu'à quelques centaines de mètres des trois appareils ennemis et alors, tirant à lui « le manche à balai », mettant « toute la sauce », il prit un peu de hauteur pour tâcher d'effectuer un virage à la verticale et de rejoindre ses lignes. La partie, en effet, n'était pas égale.

Lorsque Riby Woodburn's se retourna dans sa carlingue pour voir ce que devenait son sauveur, son cœur se serra soudain. L'avion français descendait comme un oiseau blessé qui ne se soutient plus, en essayant par des manœuvres désespérées de se redresser, de se relever, de voler encore.

Riby n'hésita pas non plus. Un brusque virage sur l'aile, qui eût pu lui faire prendre la « gaufre », le remit en un clin d'œil dans la direction opposée à celle qu'il suivait, et il revint à la rencontre des trois Boches.

Cependant, l'avion français n'était alors qu'à 600 mètres d'altitude; il se maintenait difficilement. Woodburn's coupa l'allumage et descendit vers lui en vol plané. Il ne voulait pas qu'un Français l'eût sauvé et pût périr par sa faute sans venir à son secours, même à terre.

Et il arriva cette chose stupéfiante, que les avions allemands ayant conservé leur altitude d'environ 1.500 mètres et emportés par leur propre vitesse, tout glorieux d'ailleurs de ce qu'ils croyaient être leur victoire, ne tentèrent pas d'atterrir.

Victor Giraud, dont le moteur atteint par une balle « bafouillait » littéralement, arriva au sol sans trop de mal. Bientôt Woodburn's le rejoignit. Ils se trouvaient en pleine campagne.

Alors, ces deux hommes de décision et de courage, après avoir échangé une brève poignée de mains, accompagnée d'un simple « merci » parti du cœur de Victor Giraud, mirent le feu à l'appareil inutilisable, puis, prestement ils rejoignirent le « Spowith » qui les attendait à vingt-cinq mètres de là.

Le lieutenant fit pour une fois le mécanicien et mit l'hélice en marche avant de s'installer tant bien que mal dans la carlingue de l'avion britannique. Le « Sopwith » roula sur le sol durant une centaine de mètres puis s'éleva dans les airs.

Sa marche était gênée par le poids supplémentaire qu'il emportait et, bientôt son pilote éprouva les pires difficultés à le maintenir. Ils se trouvaient encore loin des lignes françaises ou anglaises. Woodburn's sentit bientôt l'impossibilité de les atteindre. Soudain le moteur ne « donna » plus.

— Sacrifiez-moi, lui cria Victor Giraud, et sauvez-vous.

— Jamais, lui répondit le brave Riby.

— Alors, je saute, riposta Giraud

— Alors j'atterris, décida Woodburn's.

Et en effet, en quelques secondes il toucha terre.

Que faire ? La situation était d'autant plus périlleuse que déjà des soldats allemands accouraient. Quelques-uns d'entre eux tiraient sur les aviateurs des coups de fusil, sans toutefois les atteindre.

— Nous sommes prisonniers! dit le lieutenant Giraud.

— Prisonniers? interrogea Woodburn's. Jamais!

Il prit sa carabine, tendit son revolver à Victor Giraud et descendit de sa carlingue suivi par l'officier français.

— Je me souviens, dit l'Anglais, d'avoir juré qu'ils ne m'auraient jamais vivant. Ils ne m'auront pas.

Déjà les soldats allemands n'étaient plus qu'à quelque cent mètres d'eux, lorsque Woodburn's, ayant épaulé sa carabine, tira: l'un des arrivants tomba lourdement sur le sol.

Alors les balles commencèrent à siffler aux oreilles des deux hommes et tout à coup Victor Giraud s'affaissa sur les genoux.

— Touché, fit-il.

Au même moment l'Anglais s'effondra contre une roue du train d'atterrissage de son appareil.

— Moi aussi... Adieu ami français! dit-il d'une voix qui n'était déjà plus qu'un souffle. Pas de regrets... ajouta-t-il difficilement, puisque c'est... pour l'Angleterre!

Ainsi finit en beauté le chevalier de l'espace Riby Woodburn's.

Quant à Victor Giraud il fut fait prisonnier et transporté dans une ambulance allemande où les chirurgiens boches durent lui faire l'amputation de la jambe droite.

. . . .

Ce drame de la guerre aérienne me fut raconté à son lit de mort par le héros survivant, le lieutenant aviateur Victor Giraud, qui, après avoir été rapatrié comme grand blessé, mais terrassé déjà par les souffrances et les privations endurées durant ses longs mois de captivité, eut la joie dernière de venir mourir dans sa patrie.

FIN

Pour paraître vendredi prochain :

LA DEFAITE DU KRONPRINZ EN ARGONNE